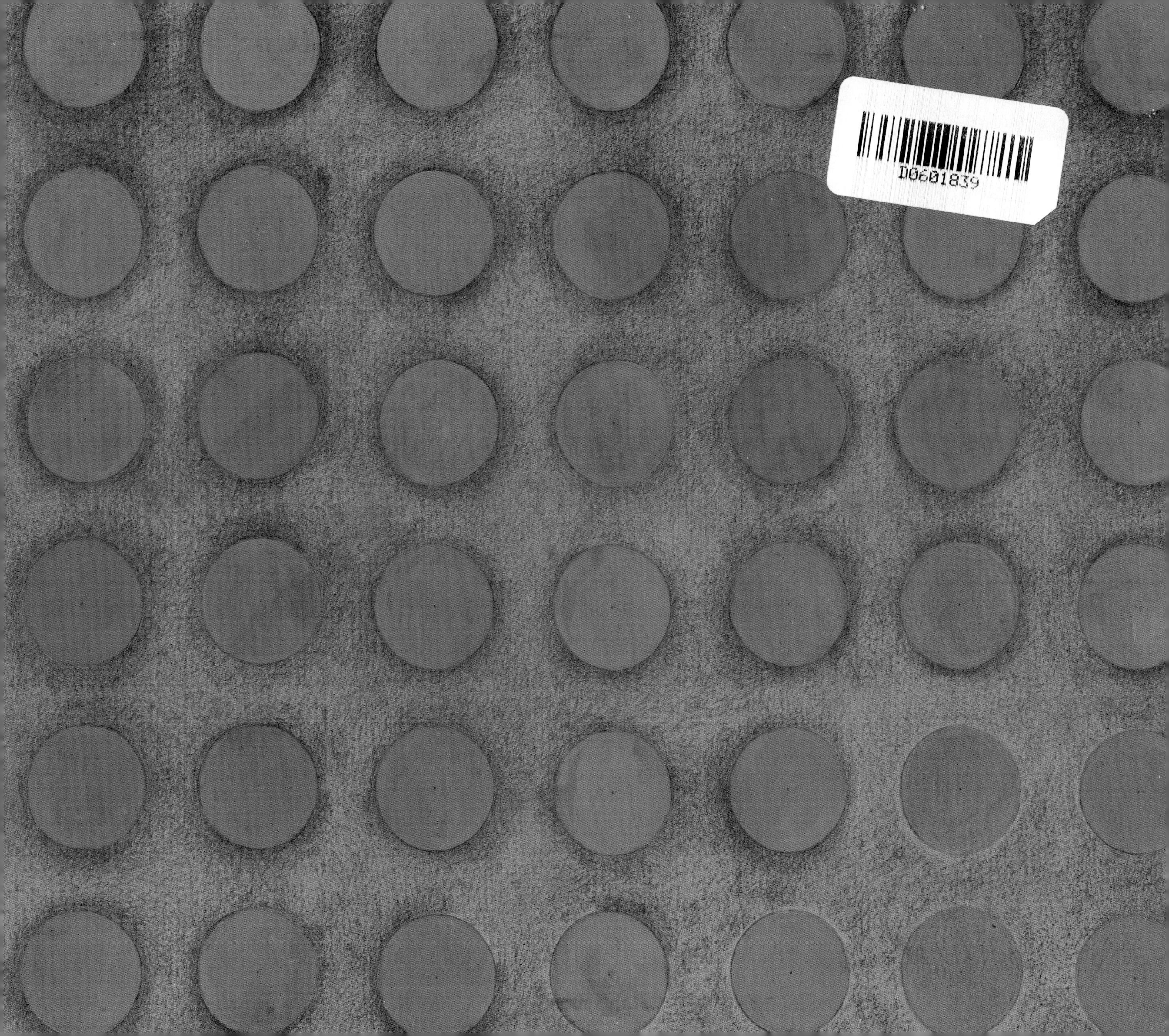
D0601839

Para Ana, por su confianza, mi pincel.
Para Mar, por su castillo letrado, mi beso ilustrado.
Para mis amados Gabriel, Antonia, Cocó y Laura,
por unos dulces sueños, este cuento.

— María José Olavarría —

**La noche de los ruidos**


Calle Claveles, 10 | Urb. Monteclaro | Pozuelo de Alarcón | 28223 | Madrid | España
www.cuentodeluz.com

ISBN: 978-84-15784-96-8

Impreso en China por Shanghai Chenxi Printing Co., Ltd., enero 2013, tirada número 1407-3

# Los ruidos de la noche

Mar Pavón

María José Olavarría

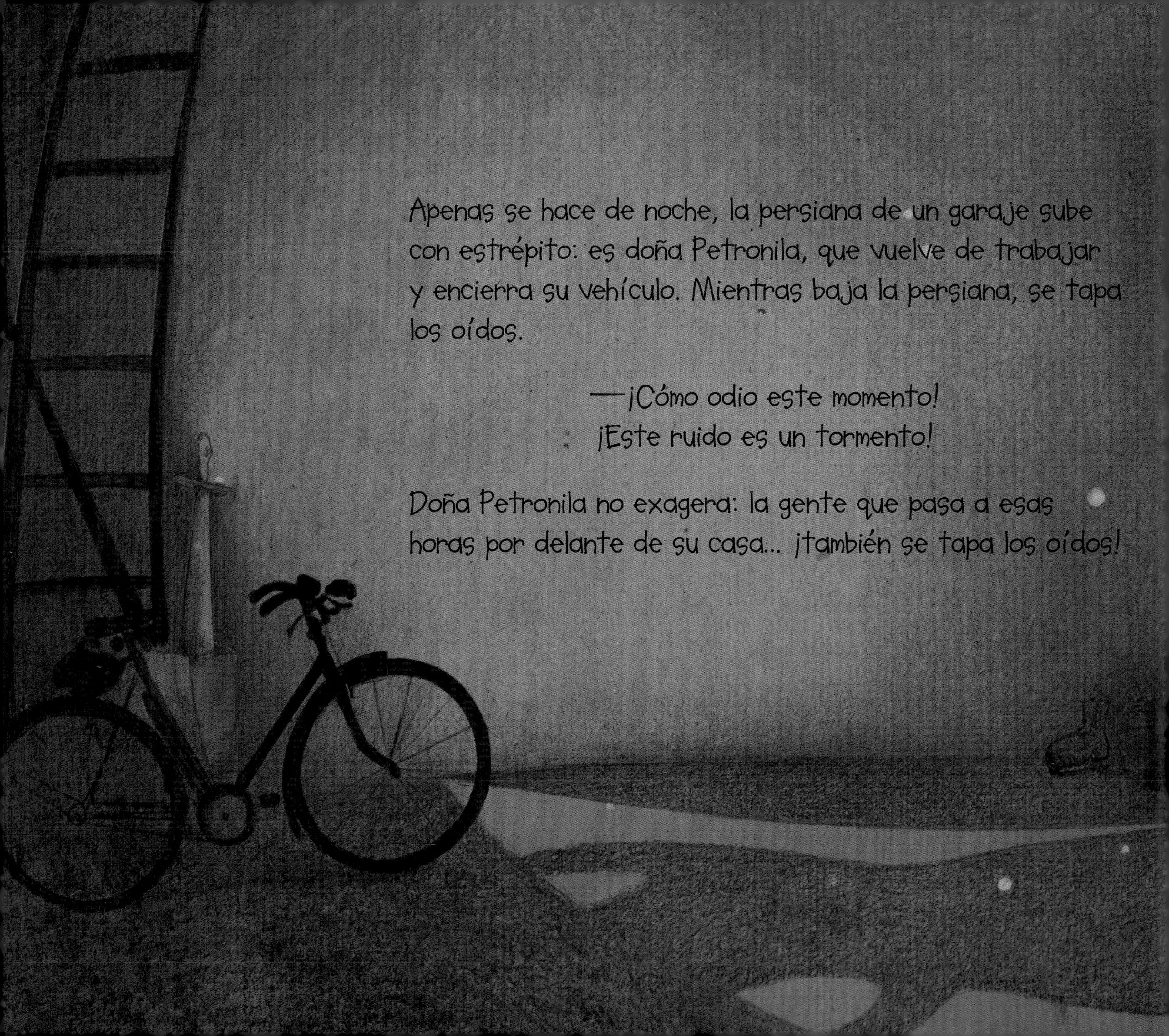

Apenas se hace de noche, la persiana de un garaje sube con estrépito: es doña Petronila, que vuelve de trabajar y encierra su vehículo. Mientras baja la persiana, se tapa los oídos.

—¡Cómo odio este momento!
¡Este ruido es un tormento!

Doña Petronila no exagera: la gente que pasa a esas horas por delante de su casa... ¡también se tapa los oídos!

Don Sordinio es el vecino más anciano del bloque. Como se está quedando sordo, cada noche arrastra su butaca de punta a punta del salón, hasta situarla muy cerquita de la tele. ¡Así puede oírla mejor!

—No arrastre más la butaca,
¡ni que fuera un tacataca!

Esto se lo dice su hijo Teo a gritos, pero como a don Sordinio no le cuesta nada hacerse el sordo, pues eso: ¡que es como hablar con una tapia!

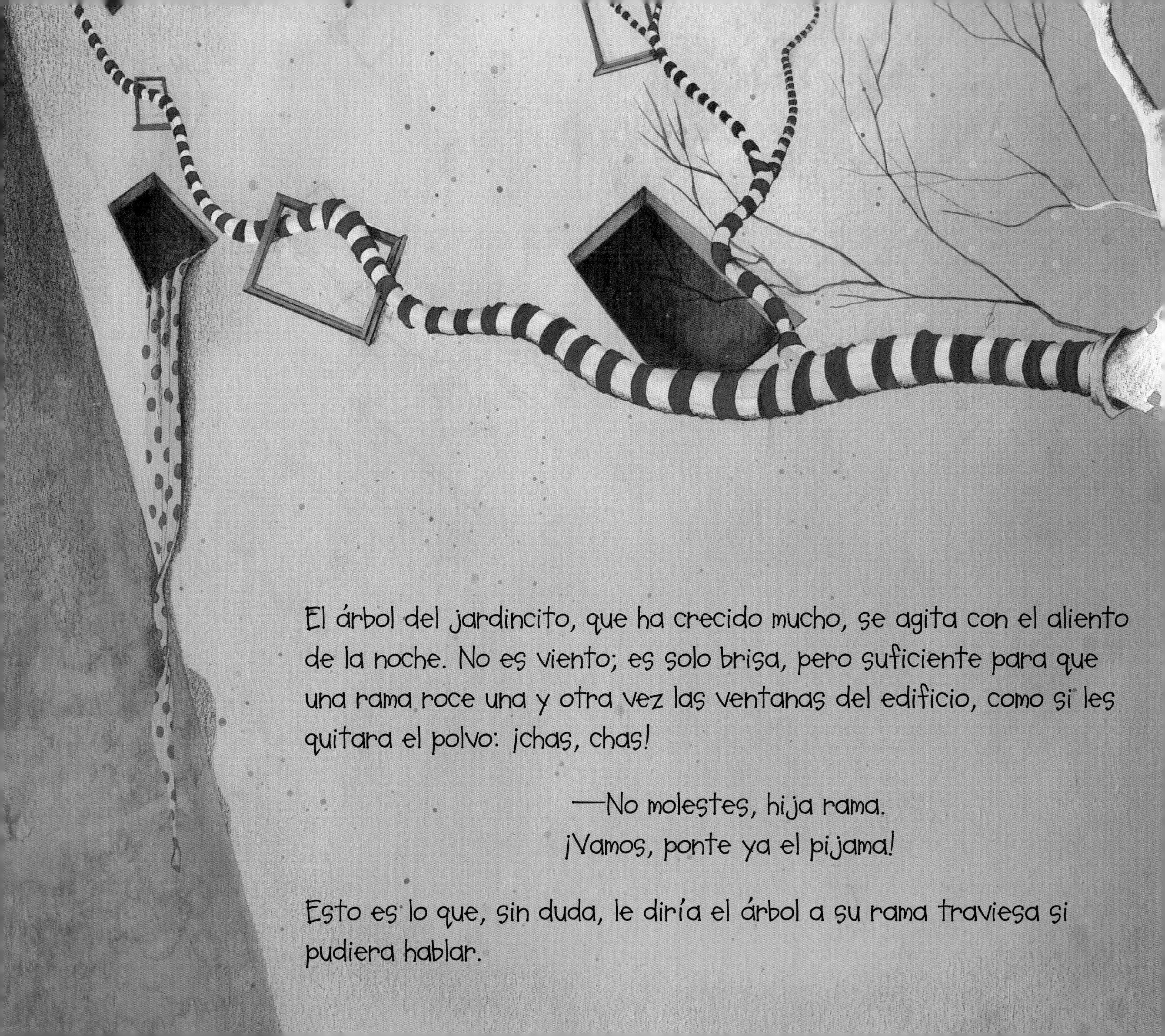

El árbol del jardincito, que ha crecido mucho, se agita con el aliento de la noche. No es viento; es solo brisa, pero suficiente para que una rama roce una y otra vez las ventanas del edificio, como si les quitara el polvo: ¡chas, chas!

—No molestes, hija rama.
¡Vamos, ponte ya el pijama!

Esto es lo que, sin duda, le diría el árbol a su rama traviesa si pudiera hablar.

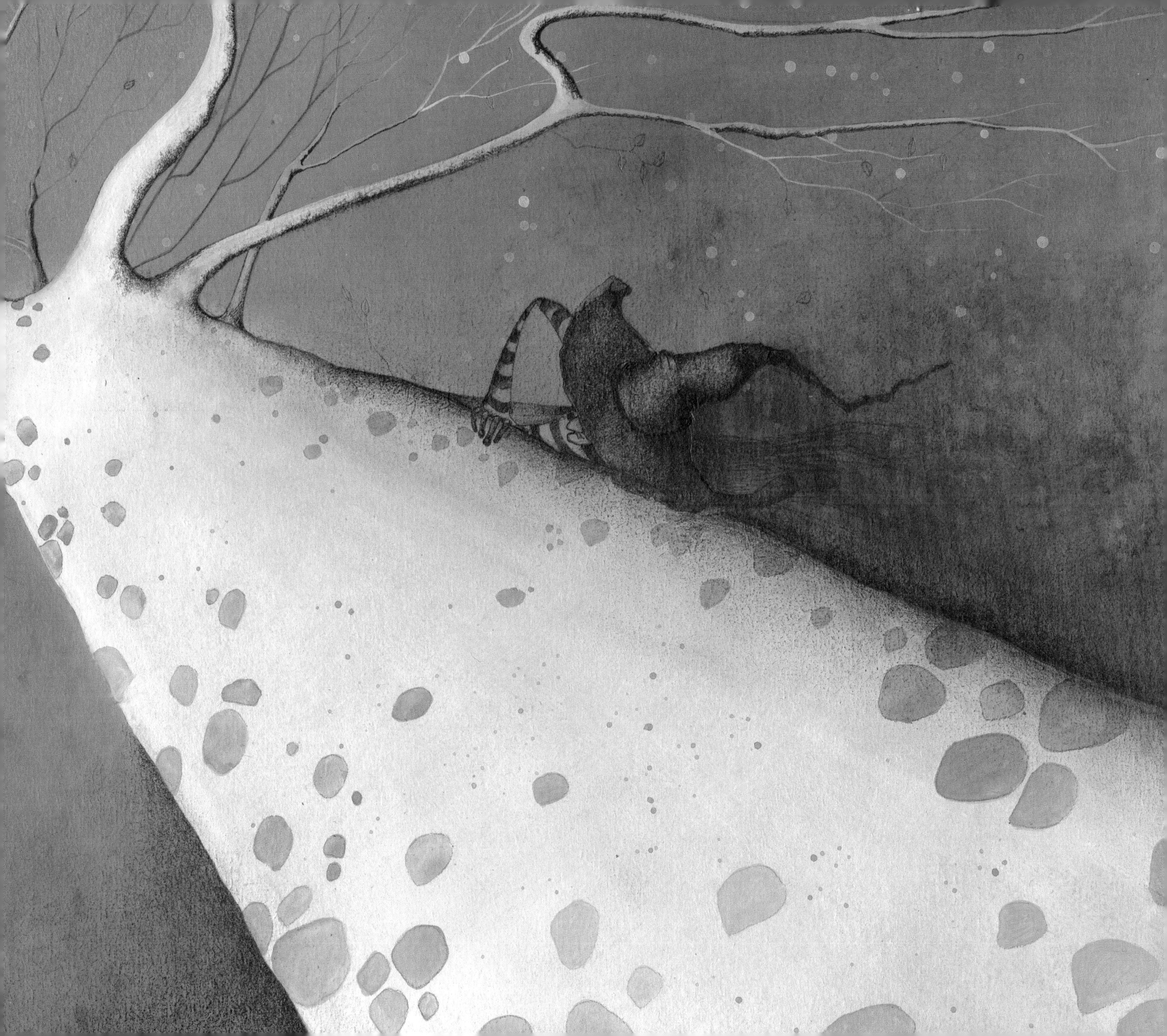

En invierno, la calefacción funciona durante toda la noche. Es entonces cuando los radiadores hacen unos ruiditos característicos. No son muy fuertes ni duran demasiado, pero hay quien se sobresalta con ellos, como Lolo, o quien no se entera de que existen, ¡como don Sordinio! También hay quien, como doña Petronila, los acepta con gusto: ¡son ruidos insignificantes en comparación con los que hace su dichosa persiana! En resumen:

¡Para que entres en calor,
nada como un radiador!

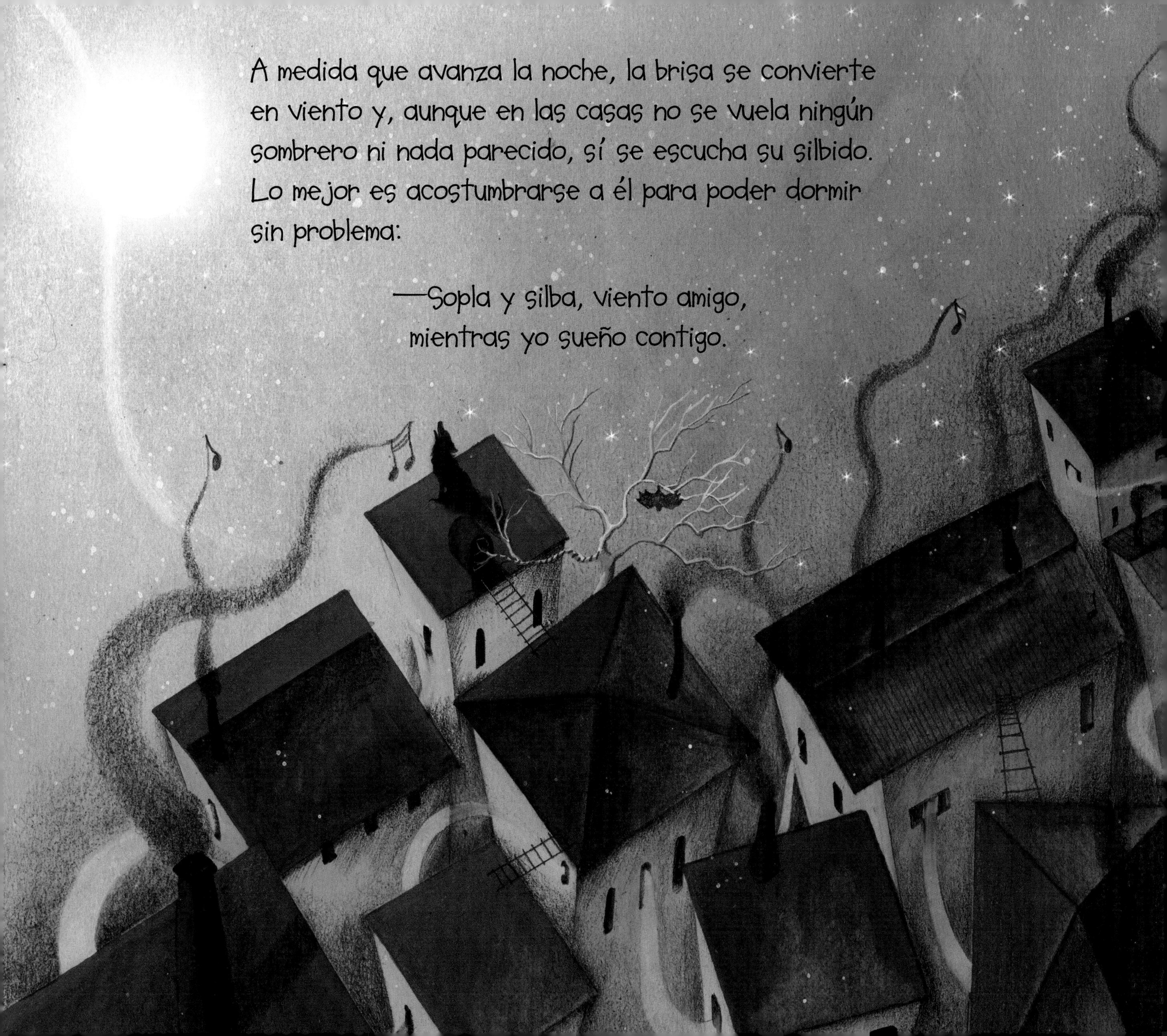

A medida que avanza la noche, la brisa se convierte en viento y, aunque en las casas no se vuela ningún sombrero ni nada parecido, sí se escucha su silbido. Lo mejor es acostumbrarse a él para poder dormir sin problema:

—Sopla y silba, viento amigo,
mientras yo sueño contigo.

A Misericordia, la gatita de doña Petronila, le ha dado por maullar por las noches, aunque, más que maullidos, lo suyo parecen quejidos, y más que a un minino, ¡recuerda a una persona! No lo hace durante mucho rato, pero sí el suficiente para desvelar a algunos vecinos, como Teo, el hijo de don Sordinio, que se enfada porque luego le cuesta mucho volver a conciliar el sueño:

—Estoy harto de su gata:
¡cada noche da la lata!

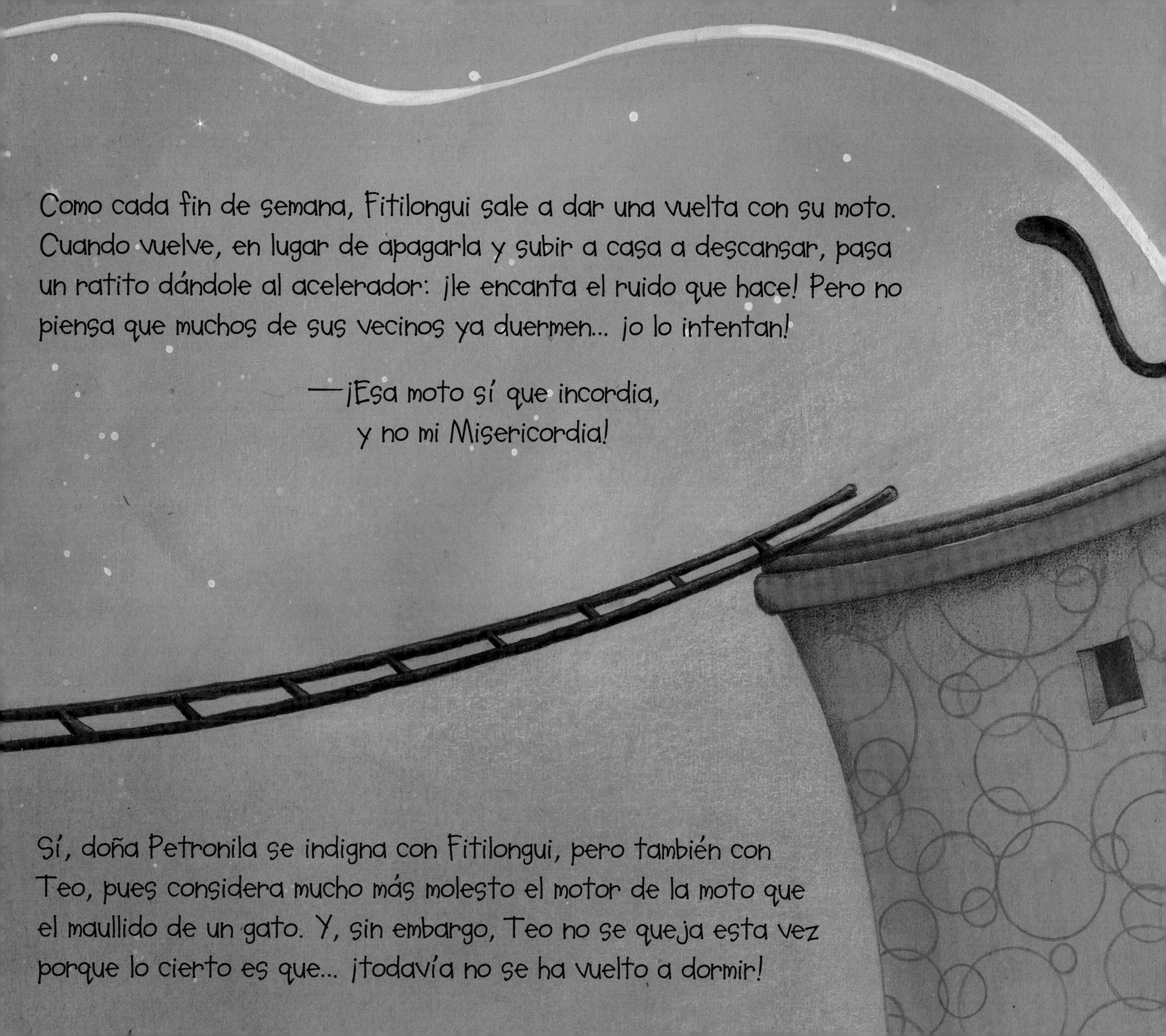

Como cada fin de semana, Fitilongui sale a dar una vuelta con su moto. Cuando vuelve, en lugar de apagarla y subir a casa a descansar, pasa un ratito dándole al acelerador: ¡le encanta el ruido que hace! Pero no piensa que muchos de sus vecinos ya duermen... ¡o lo intentan!

—¡Esa moto sí que incordia,
y no mi Misericordia!

Sí, doña Petronila se indigna con Fitilongui, pero también con Teo, pues considera mucho más molesto el motor de la moto que el maullido de un gato. Y, sin embargo, Teo no se queja esta vez porque lo cierto es que... ¡todavía no se ha vuelto a dormir!

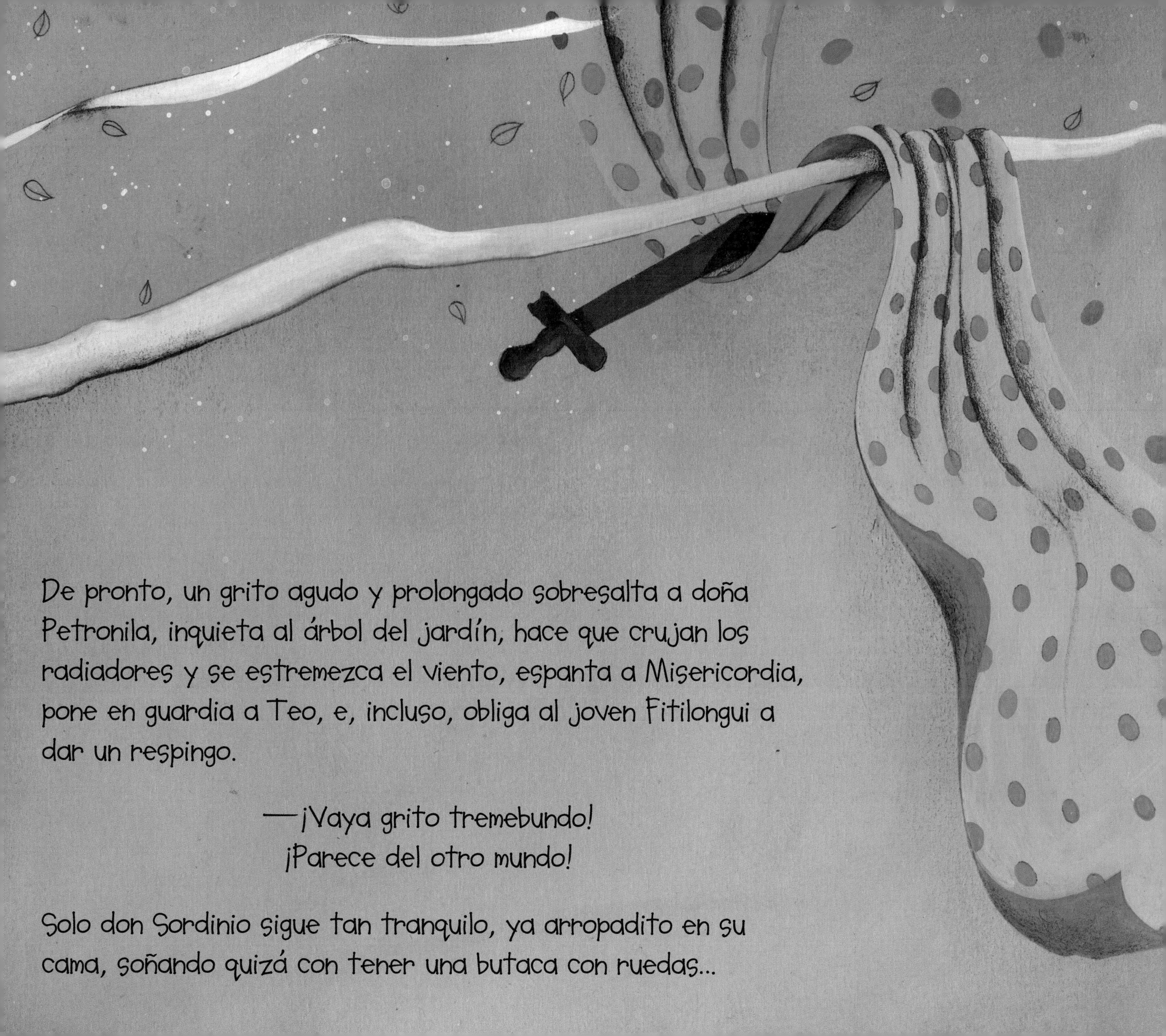

De pronto, un grito agudo y prolongado sobresalta a doña Petronila, inquieta al árbol del jardín, hace que crujan los radiadores y se estremezca el viento, espanta a Misericordia, pone en guardia a Teo, e, incluso, obliga al joven Fitilongui a dar un respingo.

—¡Vaya grito tremebundo!
¡Parece del otro mundo!

Solo don Sordinio sigue tan tranquilo, ya arropadito en su cama, soñando quizá con tener una butaca con ruedas...

Los recuerdos de María josé Olavarría se remontan a una infancia llena de sueños, construida a partir de castillos de mil colores donde su pincel era la más preciada herramienta de comunicación. Estudió Diseño Gráfico en la Universidad de Valparaíso (Chile). Después de algunas experiencias profesionales y de dedicarse a la maternidad por corazón y opción, se reinventó con nuevos trazos jugando con texturas y técnicas, hasta reconocer que la ilustración completaba su alma y le permitía rescatar y plasmar de manera lúdica su mágico mundo. Vive desde hace once años en tierras sureñas, en el campo cerca de Temuco, en Chile, rodeada de naturaleza y de sus cuatro hijos, que son su fuente de inspiración.

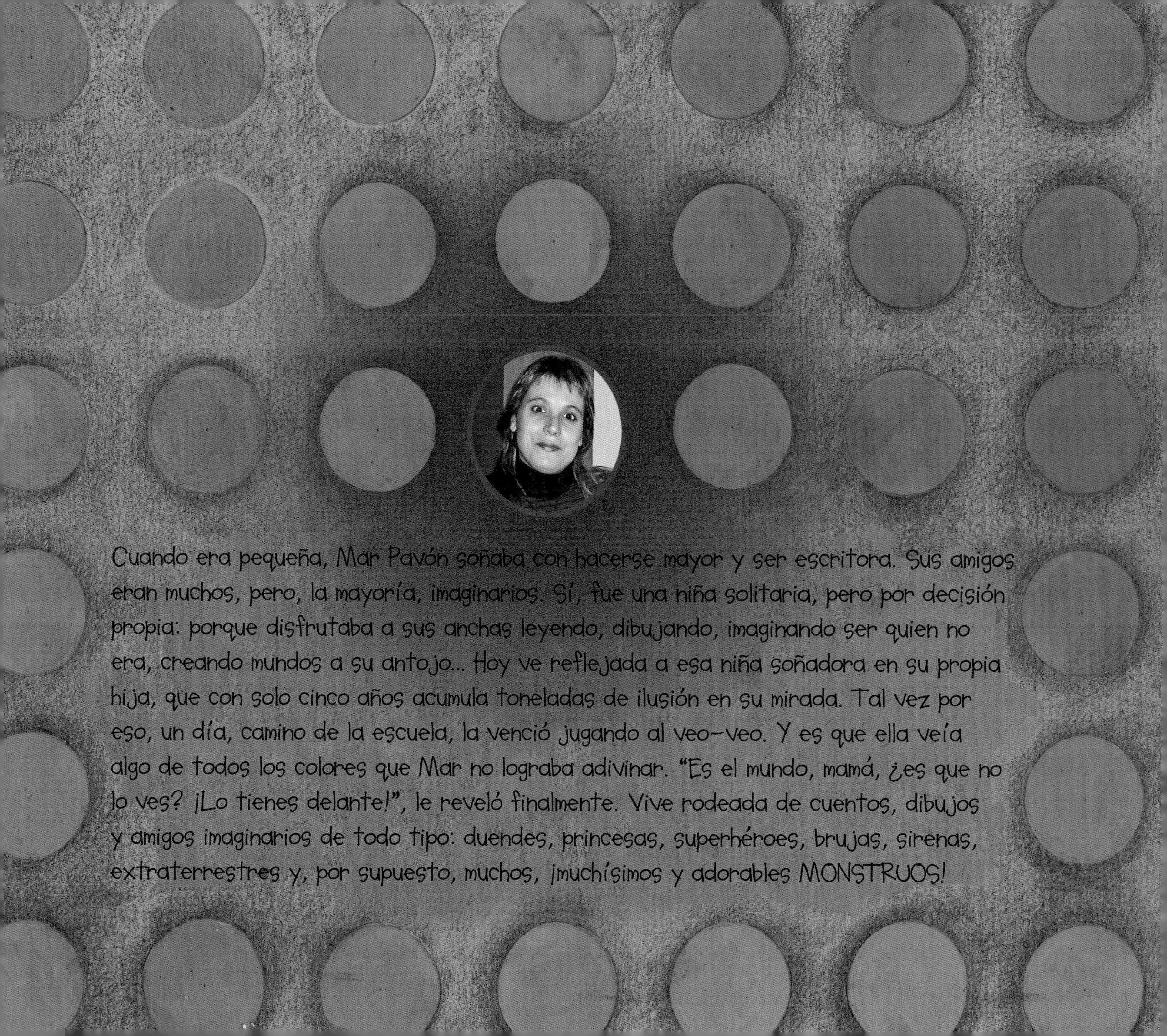

Cuando era pequeña, Mar Pavón soñaba con hacerse mayor y ser escritora. Sus amigos eran muchos, pero, la mayoría, imaginarios. Sí, fue una niña solitaria, pero por decisión propia: porque disfrutaba a sus anchas leyendo, dibujando, imaginando ser quien no era, creando mundos a su antojo... Hoy ve reflejada a esa niña soñadora en su propia hija, que con solo cinco años acumula toneladas de ilusión en su mirada. Tal vez por eso, un día, camino de la escuela, la venció jugando al veo-veo. Y es que ella veía algo de todos los colores que Mar no lograba adivinar. "Es el mundo, mamá, ¿es que no lo ves? ¡Lo tienes delante!", le reveló finalmente. Vive rodeada de cuentos, dibujos y amigos imaginarios de todo tipo: duendes, princesas, superhéroes, brujas, sirenas, extraterrestres y, por supuesto, muchos, ¡muchísimos y adorables MONSTRUOS!

Al final, pasa lo que tiene que pasar:

—¡Aaaaaaaaaaaiiiiiiiiiaaaaaaaaah!

Efectivamente, Lolo no ha podido soportarlo más. Menos mal que el grito alerta a sus papás, quienes de inmediato van a consolarlo con abrazos, besos y susurros al oído:

—Tranquilízate, campeón;
¡solo es tu imaginación!

Y ahora sí, Lolo se duerme por fin, y su imaginación, también.

Lolo tiene la esperanza de que muy pronto va a poder dormir a pierna suelta y soñar por fin con los angelitos, que es lo que le desean papá y mamá cada noche. Pero, de momento, la pesadilla sigue. Ahora nada más y nada menos que con Dogofredo, el hombre con cabeza de perro, que ha empezado a gruñir ante la puerta de su habitación, y no tardará en ladrar ferozmente.

—¡Dogofredo, por tus padres,
no me gruñas ni me ladres!

Pero Dogofredo, como era de esperar, comienza a ladrar furioso. Lolo teme que con sus manos humanas gire el pomo de la puerta y entre para comérselo a mordiscos...

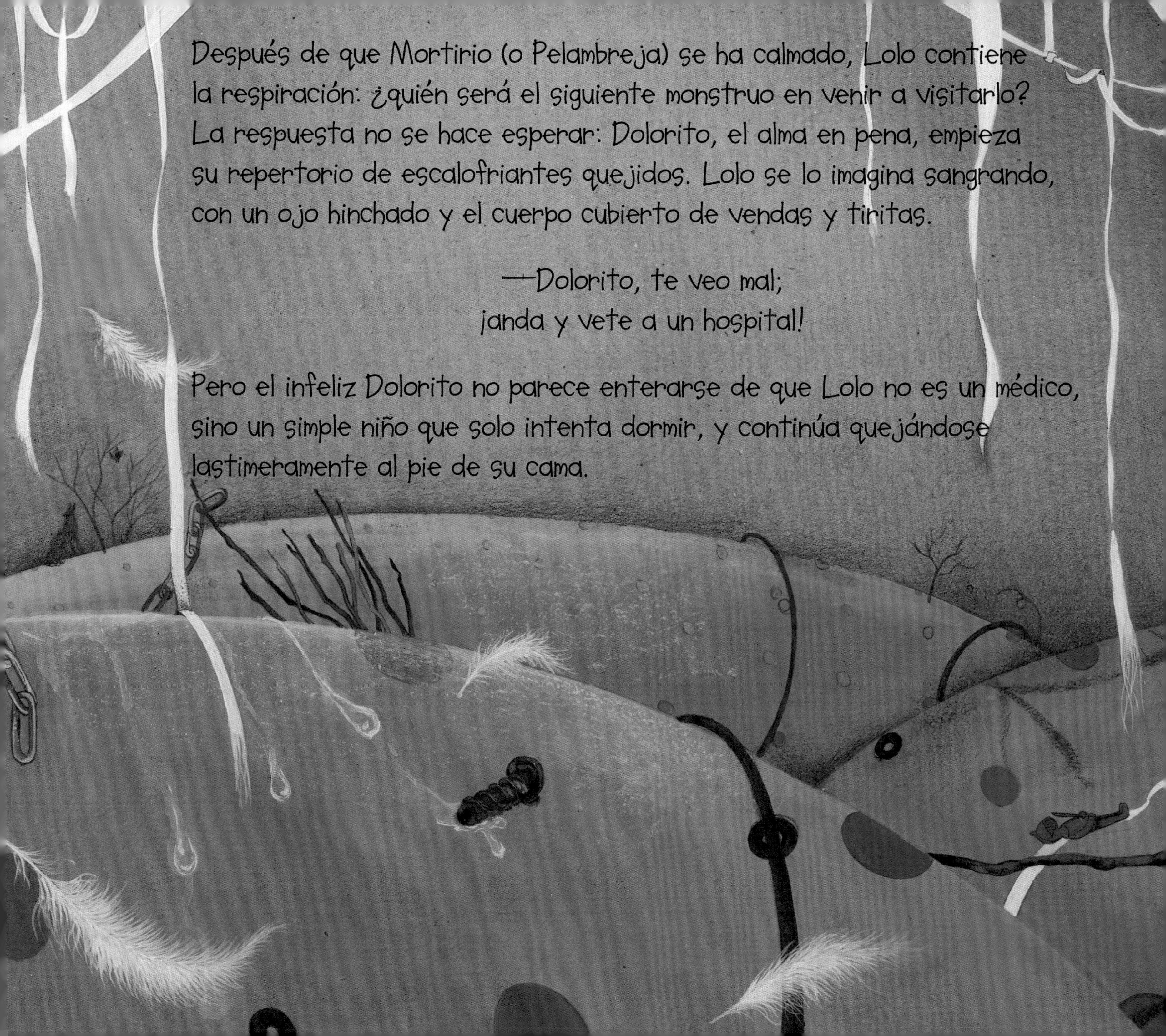

Después de que Mortirio (o Pelambreja) se ha calmado, Lolo contiene la respiración: ¿quién será el siguiente monstruo en venir a visitarlo? La respuesta no se hace esperar: Dolorito, el alma en pena, empieza su repertorio de escalofriantes quejidos. Lolo se lo imagina sangrando, con un ojo hinchado y el cuerpo cubierto de vendas y tiritas.

—Dolorito, te veo mal;
¡anda y vete a un hospital!

Pero el infeliz Dolorito no parece enterarse de que Lolo no es un médico, sino un simple niño que solo intenta dormir, y continúa quejándose lastimeramente al pie de su cama.

Lolo se siente muy solo en su cama, a oscuras, a merced de tantos personajes terroríficos... Pero presiente que lo peor está por llegar. Y no se equivoca: de repente, a Pelambreja, la mujer loba, le da por aullar... ¿o es Mortirio, el vampiro? Lolo no está seguro. Lo único que tiene claro es que la noche se le está haciendo muuuuuuy larga.

—Seas Pelambreja o Mortirio,
¡deja de darme martirio!

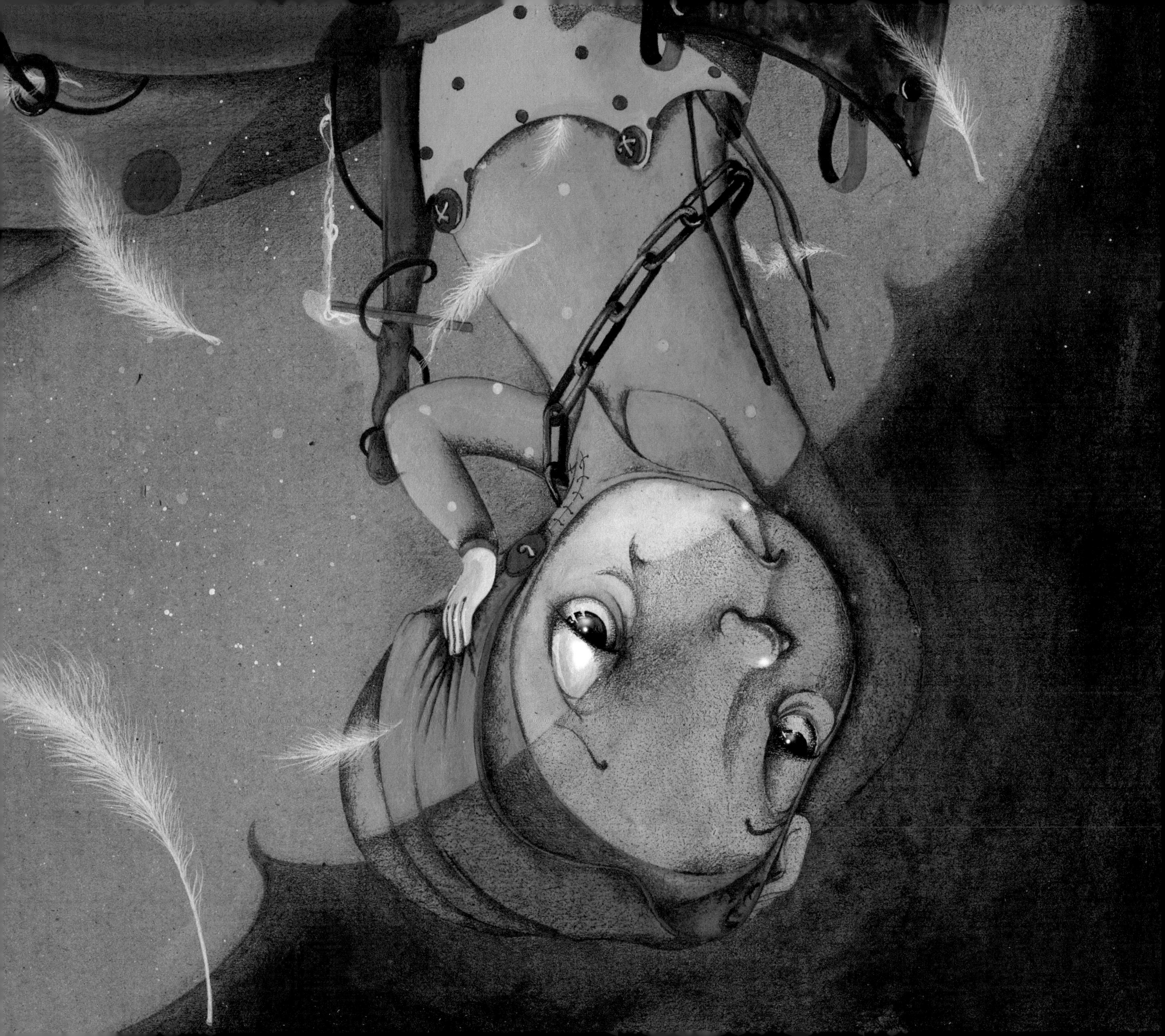

Cuando por fin Lolo se tranquiliza un poquito, aparece Cacharrón, el malvado hombre de lata y alambre, que se pasea por toda la casa.

—Con tus pasos, Cacharrón, ¡me da un vuelco el corazón!

Pero a Cacharrón no parece importarle el corazón de Lolo, porque prosigue su paseo tan campante y, con él, su sonido metálico.

Lolo no gana para sustos: ¡ahora resulta que la bruja Berruguilda intenta abrir su ventana a escobazos!

—¡Berruguilda, estate quieta
con tu escoba y tu rabieta!

Pero Berruguilda sigue dale que te pego, intentando colarse en la habitación de Lolo, ¡quién sabe si para convertirlo en un bicho repugnante!

Lolo, todavía tiritando de miedo, oye al fantasma Edredonio, que se acerca a su cama. Sabe que es él porque arrastra cadenas al andar.

—¡Edredonio, sal de aquí,
que se me escapa el pipí!

Pero Edredonio no le hace caso: avanza hacia él con sus pesadas cadenas... ¿Querrá aprisionar a Lolo con ellas?

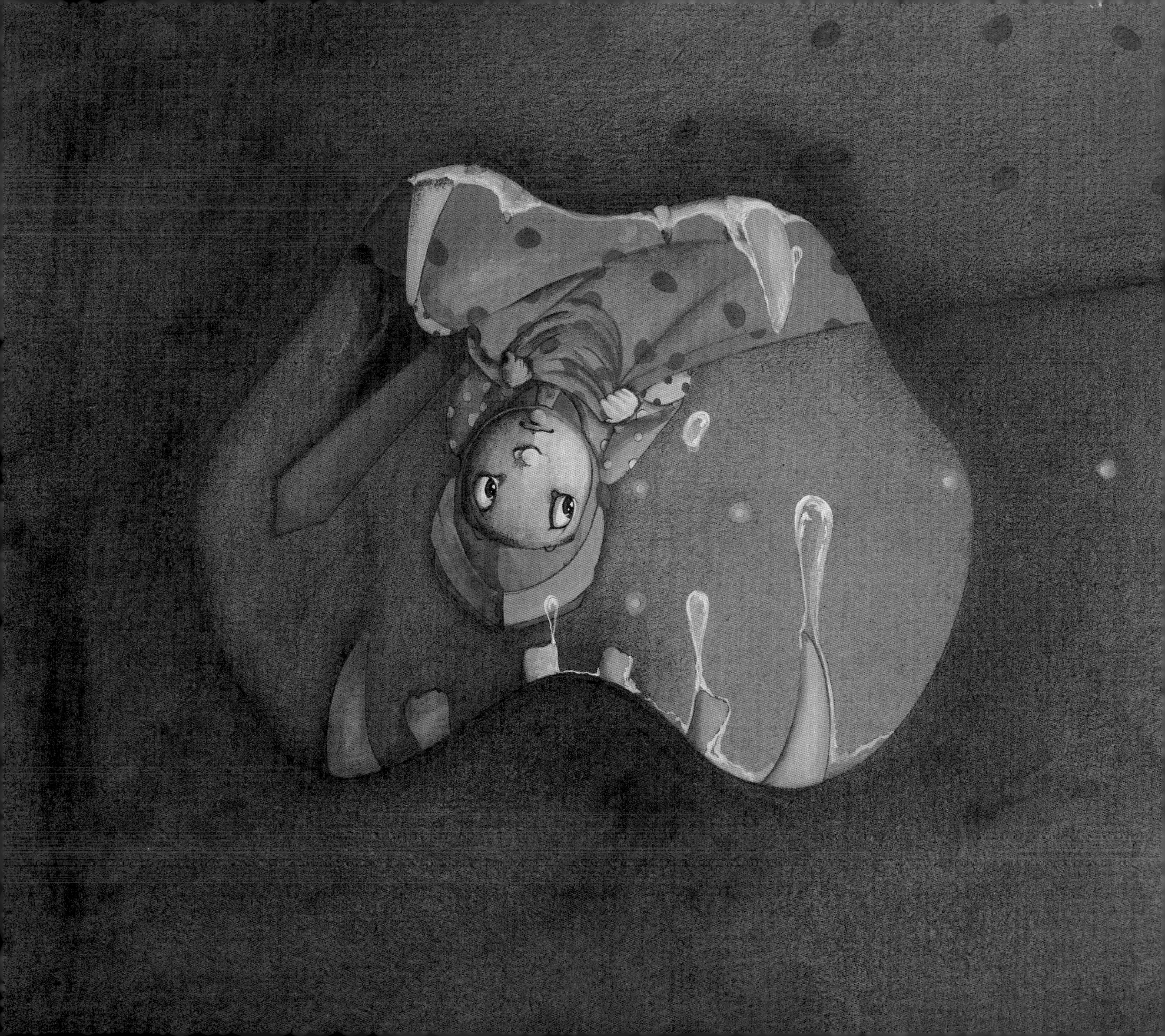

Lolo es un niño muy valiente, pero cuando llega la noche se acurruca bajo las sábanas muerto de miedo. El alarido del monstruo Truculato le pone los pelos de punta...

—Truculato, te lo pido:
¡vete por donde has venido!

Por toda respuesta, Truculato vuelve a rugir enloquecido. Lolo tira más y más de las sábanas... ¡y lo peor es que la noche no ha hecho más que empezar!

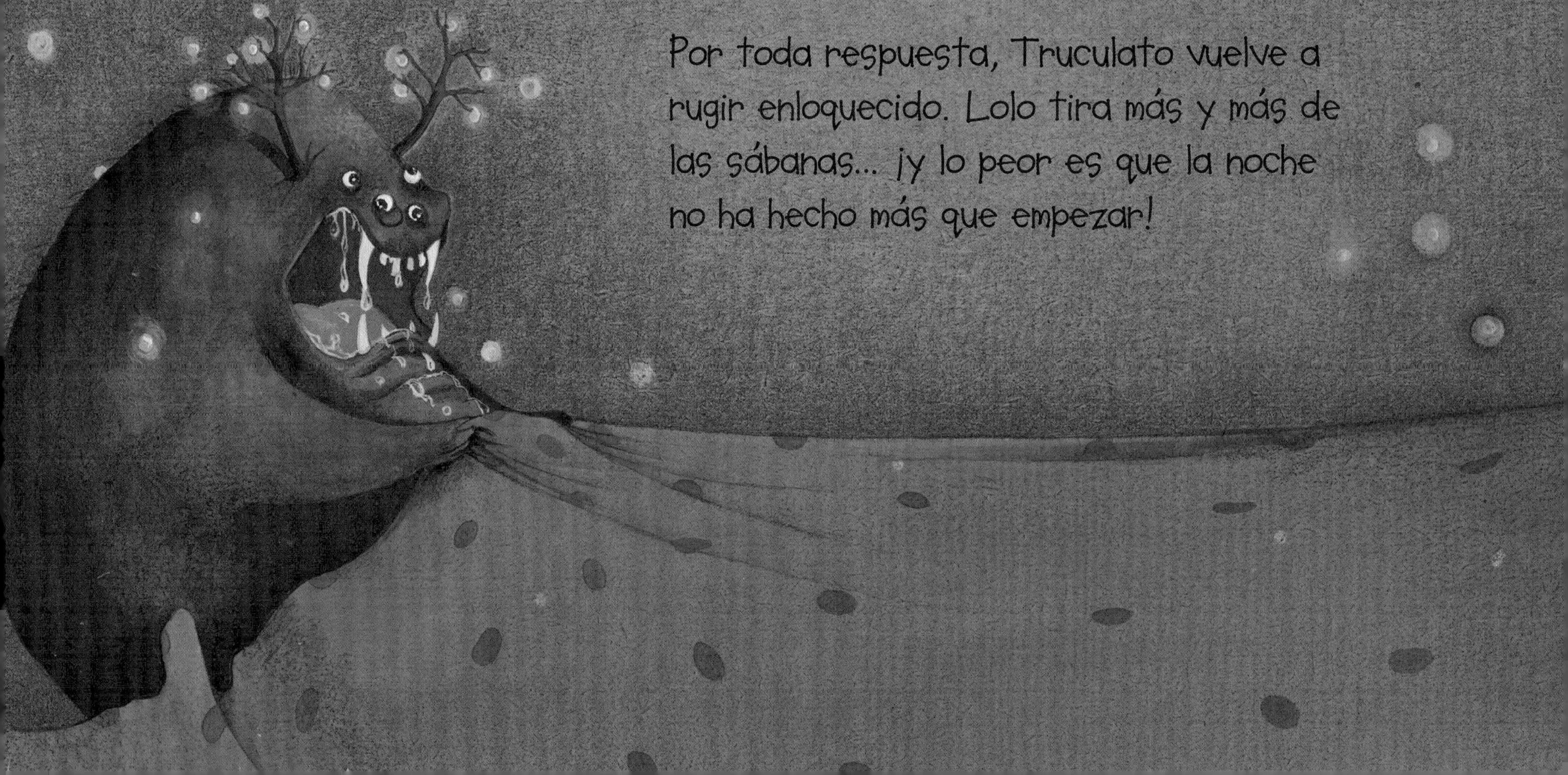

# La noche de los ruidos

Mar Pavón
María José Olavarría

A Nerea, cuya noche imaginé
del derecho y del revés.

— Mar Pavón —

**La noche de los ruidos**



Calle Claveles, 10 | Urb. Monteclaro | Pozuelo de Alarcón | 28223 | Madrid | España
www.cuentodeluz.com

ISBN: 978-84-15784-96-8

Impreso en China por Shanghai Chenxi Printing Co., Ltd., enero 2014, tirada número 1407-3